兒童文學叢書
·影響世界的人·

一星期零一夜

電話爺爺貝爾說故事

張燕風／著

郭文祥／繪

國家圖書館出版品預行編目資料

一星期零一夜:電話爺爺貝爾說故事 / 張燕風著;郭文
祥繪.－－二版一刷.－－臺北市: 三民，2011
　　面；　　公分.－－(兒童文學叢書・影響世界的人
系列)

ISBN 978–957–14–3997–6　(精裝)

1.貝爾(Bell, Alexander Graham, 1847–1922)－傳記
－通俗作品

785.28

© 　一星期零一夜
　　　——電話爺爺貝爾說故事

著 作 人	張燕風
繪　　者	郭文祥
發 行 人	劉振強
著作財產權人	三民書局股份有限公司
發 行 所	三民書局股份有限公司
	地址　臺北市復興北路386號
	電話　(02)25006600
	郵撥帳號　0009998–5
門 市 部	(復北店) 臺北市復興北路386號
	(重南店) 臺北市重慶南路一段61號
出版日期	初版一刷　2004年4月
	二版一刷　2011年1月
編　　號	S 781121

行政院新聞局登記證局版臺業字第○二○○號

有著作權・不准侵害

ISBN　978-957-14-3997-6　（精裝）

http://www.sanmin.com.tw　三民網路書店

※本書如有缺頁、破損或裝訂錯誤，請寄回本公司更換。

多彩多姿的世界

（主編的話）

　　小時候常常和朋友們坐在後院的陽臺，欣賞雨後的天空，尤其是看到那多彩多姿的彩虹時，我們就爭相細數，看誰數到最多的色彩——紅、黃、藍、橙、綠、紫、靛，是這些不同的顏色，讓我們目迷神馳，也讓我們總愛仰望天際，找尋彩虹，找尋自己喜愛的色彩。

　　世界不就是因有了這麼多顏色而多彩多姿嗎？人類也因為各有不同的特色，各自提供不同的才能和奉獻，使我們生活的世界更為豐富多彩。

　　「影響世界的人」這一套書，就是經由這樣的思考而產生，也是三民書局在推出「藝術家系列」、「文學家系列」、「童話小天地」以及「音樂家系列」之後，策劃已久的第六套兒童文學系列。在這個沒有英雄也沒有主色的年代，希望小朋友從閱讀中激勵出各自不同的興趣，而各展所長。我們的生活中，也因為有各行各業的人群，埋頭苦幹的付出與奉獻，代代相傳，才使人類的生活走向更為美好多元的境界。

　　這一套書一共收集了十二位傳主（當然影響世界的人，包括了形形色色的人群，豈止十二人，一百二十人都不止），包括了宗教、哲學、醫學、教育與生物、物理等人文與自然科學。這一套書的作者，和以往一樣，皆學有專精又關心下一代兒童讀物，所以在文字和內容上都是以深入淺出的方式，由作者以文學之筆，讓孩子們在快樂的閱讀中，認識並接近那影響世界的人，是如何為人類付出貢獻，帶來福祉。

　　第一次為孩子們寫書的龔則韞，她主修生化，由她來寫生物學家孟德爾，自然得心應手，不作第二人想。還有唐念祖學的是物理，一口氣寫了牛頓與愛因斯坦兩位大師，生動又有趣。李笠雖主修外文，但對宗教深有研究。謝謝他們三位開始加入為小朋友寫作的行列，一起為兒童文學耕耘。

　　宗教方面除了李笠寫的穆罕默德外，還有王明心所寫的耶穌，和李民安所寫的釋迦牟尼，小朋友讀過之後，對宗教必定有較為深入的了解。她們兩位都是寫童書的高手，王明心獲得 2003 年兒童及少年圖書金鼎獎，李民安則獲得 2000 年小太陽獎。

許懷哲的悲天憫人和仁心仁術，為人類解除痛苦，由醫學院出身的喻麗清來寫他，最為深刻感人。喻麗清多才多藝，「藝術家系列」中有好幾本她的創作都得到大獎。而原本學醫的她與許懷哲醫生是同行，寫來更加生動。姚嘉為的文學根基深厚，把博學的亞里斯多德介紹給小朋友，深入淺出，相信喜愛思考的孩子一定能受到啟發。李寬宏雖然是核子工程博士，但是喜愛文學、音樂的他，把嚴肅的孔子寫得多麼親切可愛，小朋友讀了孔子的故事，也許就更想多去了解孔子的學說了。

　　馬可波羅的故事我們聽得很多，但是陳永秀第一次把馬可波羅的故事，有系統的介紹給大家，不僅有趣，還有很多史實，永秀一向認真，為寫此書做了很多研究工作。而張燕風一向喜愛收集，為寫此書，她做了很多筆記，這次她讓我們認識了電話的發明人貝爾。我們能想像沒有電話的生活會是如何的困難和不便嗎？貝爾是怎麼發明電話的？小朋友一定迫不及待的想讀這本書，也許從中還能找到靈感呢！居禮夫人在科學上的貢獻舉世皆知，但是有多少人了解她不屈不撓的堅持？如果沒有放射線的發現，我們今天不會有方便的 X 光檢查及放射性治療，也不會有核能發電及同位素的普遍利用。石家興在述說居禮夫人的故事時，本身也是學科學的他，希望孩子們從閱讀中，能領悟到居禮夫人鍥而不捨的精神，那是一位真正的科學家，腳踏實地的真實寫照。

　　閱讀這十二篇書稿，寫完總序，窗外的春意已濃，這兩年來，經過了編輯們的認真編排，才使這一套書籍得以在孩子們面前呈現。在歲月的流逝中，這是多麼令人高興的事，我相信每一位參與寫作的朋友，都會和我有一樣愉悅的心情，因為我們都興高采烈的在一起搭一座彩虹橋，期望未來的世界更多彩多姿。

作者的話

　　我在美國居住的日子裡，時常在想，這個年輕的移民國家，為什麼能在世界上，一直扮演著舉足輕重的角色？它的立國精神，對人民有什麼影響？而它的人民對全世界，又有什麼影響？

　　美國人強調自由、平等，但更重要的是有一份不斷創新的精神。在創新的過程中，有些人專注於改進過去的事物，有些人埋頭在發明全新的東西。儘管方向不同，但都要經過不停的試驗、反覆的挫折和一旦成功的興奮。這和當年冒險犯難的移民精神，有著相同之處。

　　「發明大王」愛迪生的家庭，就是從荷蘭遷居美國的移民，在這個新興的土地上，愛迪生發明出「電燈」，為整個人類的生活帶來了光明。與他同時代的另一位偉大發明家「貝爾」，來自蘇格蘭，也是美國的移民。貝爾發明了電話，使全世界的人們，不論距離多遠，都能聽到彼此的聲音，這種極大的方便，快速推動了人類文明的進展。

　　現在我們所處的 e 世代，是一個更加充分利用通訊技術的大時代。自從貝爾將聲音用電流傳遞後，人們在他所創造的基礎上，將資料訊息也藉由電流輸送，這一切的便利，使我們 e 世代的生活能得心應手，又充實豐富。在每天的生活裡，電話或手機的使用、電腦郵件的來往，就像穿衣吃飯一樣的自然和必要。

　　電話的應用，非常廣泛。朋友間互相問候；親人們互報平安；生意場上互通買賣消息；緊急時求助；意外時求援；甚至太空人可以從外星球打電話回地球，報告新發現；更聽說美國總統在白宮的辦公桌上，有一具紅色電話，是給他下達緊急作戰命

令，關係全球安危的指揮工具。電話對人類社會的影響，實在太大了。

貝爾從小到老，一直保持著一顆赤子之心。他熱愛家庭、工作和生活。他對一切充滿了好奇，並有不斷追尋答案的決心。如果貝爾看到今天我們所用的手機，不用電線又可隨身攜帶，他一定會露出讚許的笑容吧！如果貝爾生長在今天這個世界，他會不會再發明出一些我們從沒想像到的東西呢？

寫這本書，是表達一個 e 世代人，對貝爾重大發明的一份感激之意。

貝爾

想要成為一個發明家，一定得有強烈的好奇心、
豐富的想像力和不斷思考研究的精神。
我的腦子停不下來，生活中有太多要改進的事物，
我得不停的研究創造，讓全人類得到益處。

Hello

1907 Aug 12

貝爾奶奶的回憶

貝爾奶奶坐在搖椅上，說起從前。

　　那是許多年前的事囉，大約在 1886 年吧，我和貝爾去加拿大鄉間渡假時，看中了這片山坡大草地，決定要在那上面蓋一幢大房子。房子的背後，有連綿不斷的青山，前面呢，是像鏡子般明亮的湖水。貝爾說這裡的山水遼闊，環境安寧，讓他想起懷念的故鄉。我卻在想，這幢大房子，是一個多麼理想的夏日別墅啊！我們那兩個生長在城市裡的女兒，每年夏天，都可以來這裡享受大自然，呼吸新鮮的空氣。

　　一轉眼，兩個女兒都做了媽媽，貝爾和我也升格當爺爺、奶奶了。每年放暑假時，我們那十幾個孫兒孫女，陸陸續續的來到了夏日別墅。他們在湖中戲水，好像活潑亂蹦的魚兒；在草地上追逐，又像快樂跳躍的兔子；在屋裡屋外、樓上樓下，玩起捉迷藏的時候，更像一群鬼鬼祟祟的小老鼠，到處亂竄。貝爾他最喜歡小孩子

了，對他自己的孫兒孫女，更是疼愛有加，總是說：「我的那個娃娃兵團啊……」每當那些娃娃兵圍繞著他、鑽進他溫暖的懷中、騎在他寬闊的肩上、揪扯他的大白鬍子或拉著他的褲管，他就樂得笑呵呵。

3

　　我隔著窗子，向外面草地望去。貝爾近來迷上製作風箏，他說將來總有一天，風箏可以帶人飛上青天呢。他啊，就像個娃娃王，正拉著一條長長的風箏線，帶頭向前跑，後面跟著一長串小兵小將，他們互相推啊、擠啊、拉啊、扯啊，有一個跟在後面的小兵，腳步不太穩，還摔了個大筋斗！

4

1907 Aug 12

　　玩累了，貝爾就爬上他為自己設計的高椅子，舒舒服服的坐在上面休息。我端起一壺貝爾最愛喝的熱巧克力牛奶，推開門向外走去。娃娃兵們看見飲料，一擁而上，紛紛圍坐在高椅子的四周，和爺爺一起享用香甜的熱巧克力牛奶。

5

最愛發問的阿寶，仰起頭來，對貝爾說：「爺爺，我的暑假作業要寫一篇作文，題目是『我最敬愛的人』，我想寫您呢。我知道您是一位教聾人說話的老師，但是大家都說您還是一位了不起的發明家。那些掛在牆壁上的電話，就是您最有名的發明，對嗎？我想多知道一些有關於您的故事，請您講給我們聽吧。」

「我最敬愛的人！」貝爾聽到心愛的孫子這麼說，笑得嘴都合不攏了。

「很好，很好！不過，再過兩星期，學校就要開學，你們都要回去了。」他伸出手指頭算了算，「嗯，讓我們來訂一個『一星期零一夜』的約定，那也就是說，從明天開始，連續八個晚上，大家都來和爺爺一起聊天、說故事，好嗎？」

貝爾微笑的看著我，接著說：「我請你們的奶奶，在每天早餐時，宣布當天晚上我們相聚的時間和地點。」

小草睡覺時會不會打呼嚕？

第一夜：晚上七時，在大草地上集合。

　　夏天裡的白日特別長，晚上七點鐘，天還很亮。貝爾趴在草地上，耳朵緊貼著地面，全神貫注的傾聽。

　　「爺爺，爺爺，您在做什麼？」娃娃們七嘴八舌的搶著問。

　　「噓——，別吵。我想知道，小草睡覺時，會不會打呼嚕？」

　　大家靜悄悄的，都把耳朵貼近草地。不一會兒，就一個接著一個的嚷起來：

　　「我聽見小草媽媽在唱催眠曲！」

　　「我聽見草裡的螞蟻在打架！」

　　「我聽見草地下的土撥鼠在挖土！」

　　「我聽見……！」

　　「我聽見……！」

　　「我聽見……！」

　　貝ㄅㄟˋ爾ㄦˇ站ㄓㄢˋ起ㄑㄧˇ來ㄌㄞˊ，拍ㄆㄞ拍ㄆㄞ身ㄕㄣ上ㄕㄤˋ的ㄉㄜ˙泥ㄋㄧˊ土ㄊㄨˇ，滿ㄇㄢˇ意ㄧˋ的ㄉㄜ˙說ㄕㄨㄛ:「不ㄅㄨˊ錯ㄘㄨㄛˋ啊ㄚ！很ㄏㄣˇ有ㄧㄡˇ想ㄒㄧㄤˇ像ㄒㄧㄤˋ力ㄌㄧˋ。現ㄒㄧㄢˋ在ㄗㄞˋ跟ㄍㄣ我ㄨㄛˇ來ㄌㄞˊ吧ㄅㄚ，我ㄨㄛˇ們ㄇㄣ˙要ㄧㄠˋ去ㄑㄩˋ一ㄧˊ個ㄍㄜˋ神ㄕㄣˊ祕ㄇㄧˋ的ㄉㄜ˙叢ㄘㄨㄥˊ林ㄌㄧㄣˊ中ㄓㄨㄥ探ㄊㄢˋ險ㄒㄧㄢˇ。記ㄐㄧˋ住ㄓㄨˋ！每ㄇㄟˇ個ㄍㄜˋ人ㄖㄣˊ至ㄓˋ少ㄕㄠˇ要ㄧㄠˋ帶ㄉㄞˋ回ㄏㄨㄟˊ來ㄌㄞˊ一ㄧˊ件ㄐㄧㄢˋ森ㄙㄣ林ㄌㄧㄣˊ中ㄓㄨㄥ的ㄉㄜ˙寶ㄅㄠˇ物ㄨˋ喔ㄛ。」

　　其ㄑㄧˊ實ㄕˊ，哪ㄋㄚˇ有ㄧㄡˇ什ㄕㄣˊ麼ㄇㄜ˙「神ㄕㄣˊ祕ㄇㄧˋ的ㄉㄜ˙叢ㄘㄨㄥˊ林ㄌㄧㄣˊ」？那ㄋㄚˋ只ㄓˇ不ㄅㄨˊ過ㄍㄨㄛˋ是ㄕˋ屋ㄨ後ㄏㄡˋ的ㄉㄜ˙小ㄒㄧㄠˇ樹ㄕㄨˋ林ㄌㄧㄣˊ罷ㄅㄚˋ了ㄌㄜ˙，又ㄧㄡˋ到ㄉㄠˋ哪ㄋㄚˇ裡ㄌㄧˇ去ㄑㄩˋ找ㄓㄠˇ什ㄕㄣˊ麼ㄇㄜ˙「寶ㄅㄠˇ物ㄨˋ」呢ㄋㄜ˙？直ㄓˊ到ㄉㄠˋ天ㄊㄧㄢ完ㄨㄢˊ全ㄑㄩㄢˊ黑ㄏㄟ了ㄌㄜ˙，他ㄊㄚ們ㄇㄣ˙才ㄘㄞˊ回ㄏㄨㄟˊ來ㄌㄞˊ。一ㄧˋ張ㄓㄤ張ㄓㄤ小ㄒㄧㄠˇ臉ㄌㄧㄢˇ龐ㄆㄤˊ就ㄐㄧㄡˋ像ㄒㄧㄤˋ一ㄧˋ顆ㄎㄜ顆ㄎㄜ小ㄒㄧㄠˇ星ㄒㄧㄥ星ㄒㄧㄥ，閃ㄕㄢˇ爍ㄕㄨㄛˋ出ㄔㄨ興ㄒㄧㄥ奮ㄈㄣˋ的ㄉㄜ˙光ㄍㄨㄤ芒ㄇㄤˊ。他ㄊㄚ們ㄇㄣ˙從ㄘㄨㄥˊ鼓ㄍㄨˇ鼓ㄍㄨˇ的ㄉㄜ˙口ㄎㄡˇ袋ㄉㄞˋ裡ㄌㄧˇ，掏ㄊㄠ出ㄔㄨ一ㄧˋ些ㄒㄧㄝ已ㄧˇ經ㄐㄧㄥ死ㄙˇ掉ㄉㄧㄠˋ的ㄉㄜ˙小ㄒㄧㄠˇ動ㄉㄨㄥˋ物ㄨˋ和ㄏㄢˋ乾ㄍㄢ枯ㄎㄨ的ㄉㄜ˙花ㄏㄨㄚ草ㄘㄠˇ樹ㄕㄨˋ葉ㄧㄝˋ，排ㄆㄞˊ列ㄌㄧㄝˋ在ㄗㄞˋ廚ㄔㄨˊ房ㄈㄤˊ的ㄉㄜ˙櫃ㄍㄨㄟˋ臺ㄊㄞˊ上ㄕㄤˋ。當ㄉㄤ我ㄨㄛˇ端ㄉㄨㄢ出ㄔㄨ熱ㄖㄜˋ巧ㄑㄧㄠˇ克ㄎㄜˋ力ㄌㄧˋ牛ㄋㄧㄡˊ奶ㄋㄞˇ給ㄍㄟˇ大ㄉㄚˋ家ㄐㄧㄚ喝ㄏㄜ時ㄕˊ，看ㄎㄢˋ到ㄉㄠˋ櫃ㄍㄨㄟˋ臺ㄊㄞˊ上ㄕㄤˋ的ㄉㄜ˙東ㄉㄨㄥ西ㄒㄧ，嚇ㄒㄧㄚˋ得ㄉㄜ˙手ㄕㄡˇ都ㄉㄡ發ㄈㄚ軟ㄖㄨㄢˇ，差ㄔㄚ點ㄉㄧㄢˇ沒ㄇㄟˊ打ㄉㄚˇ翻ㄈㄢ那ㄋㄚˋ壺ㄏㄨˊ熱ㄖㄜˋ巧ㄑㄧㄠˇ克ㄎㄜˋ力ㄌㄧˋ牛ㄋㄧㄡˊ奶ㄋㄞˇ呢ㄋㄜ˙。

貝爾和娃娃兵團圍在一起，翻弄著那些「寶物」。他說：「我小時候，對大自然中的一切事物，都充滿了好奇。我常想：『為什麼鳥會飛？為什麼青蛙會跳？為什麼蛇會爬行？為什麼有的花帶香氣，有的樹葉會變紅？』我和你們一樣，在樹林中蒐集到這些寶貝以後，就帶回家仔細觀察。為了尋找答案，我還常常解剖已經死了的小動物，同學們都叫我『解剖學教授』呢！要想成為一個發明家，一定得有強烈的好奇心、豐富的想像力和不斷思考研究的精神。」貝爾停了一下，有些不好意思的說：「也許我的腦袋裡，裝了太多稀奇古怪的『為什麼』，以至於沒有多餘的空間，裝進課本中的知識。所以我在學校的功課並不好，我的父親為此很不高興哩！」

　　有幾個小兵已經睏得東倒西歪了，貝爾看見我向他打出停止的手勢，才說：「大家都累了，明天再談我的父親，也就是你們的曾祖父。今天就聊到這兒，去睡覺吧。」

9

充滿了天才的家庭

第二夜：晚上七時，鋼琴邊。

　　貝爾是天生的鋼琴家，任何樂曲，只要聽過一兩遍，就可以照樣的彈奏出來。吃過晚飯以後，坐在鋼琴前，他彈起一些古老的蘇格蘭民謠。娃娃們圍攏過來，安靜的聆聽。在音樂聲中，貝爾開始講起他成長的過程：

　　我在 1847 年 3 月 3 日，出生於蘇格蘭的愛丁堡。我們一家三代的名字，都叫做「亞歷山大‧貝爾」。祖父和父親一樣，是有名的教授，他們的專長是教人如何正確發音、說話和演說。父親還發明了一套叫做「看圖發聲」的符號，那是教人們學習語言和教聾人練習開口說話的好方法。

　　我很欽佩祖父和父親，我對「聲音」有興趣，受到他們很大的影響，但我一直希望將來能比他們更有成就。首先，我得

有個完全屬於自己的名字。於是，在我十歲的時候，便自作主張，開始用「亞歷山大‧葛蘭姆‧貝爾」當作我的全名。

我的母親「依萊莎‧貝爾」，是個出色的畫家和音樂家，我愛彈鋼琴，就是來自她的遺傳吧。可惜，母親的聽力很差，和她說話時，要借助一根長管子，將聲音擴大送入她的耳中。從小，我就不願意用長管子將我和母親之間的距離拉長。所以我把嘴貼近她的前額，一字一句的說，讓聲波震動她的額頭，使她可以清晰的聽見我說的話。母親很喜歡這樣的溝通方式，而我也因此對聲音如何發出、傳送和接收的問題，有了很多的心得。

現在想起來，小時候家裡的小黃狗，實在有點兒倒霉，牠成為我第一個實驗的對象。為了教牠發聲說話，我用手指按壓牠的喉嚨，又用手掌控制牠嘴巴的移動，經過無數次艱苦的嘗試，小黃狗居然會發出「老婆婆，早安」的聲音了！我和小黃狗都很得意，常常表演給鄰居和玩伴看，看過的人都嘖嘖稱奇呢！

父親認為我對「聲音」方面的敏感和好奇，應該繼續發展。他督導我學習「看圖發聲」中所有的符號和運用方法，並跟著他去各處教學示範，做他的小助教。我們教過的學生中，有不少很有趣的人物，明天再告訴你們吧！

　　琴_{ㄑㄧㄣ}聲_{ㄕㄥ}停_{ㄊㄧㄥ}止_ㄓ了_{ㄌㄜ}，貝_{ㄅㄟ}爾_ㄦ站_{ㄓㄢ}起_{ㄑㄧ}身_{ㄕㄣ}來_{ㄌㄞ}，把_{ㄅㄚ}手_{ㄕㄡ}放_{ㄈㄤ}在_{ㄗㄞ}我_{ㄨㄛ}的_{ㄉㄜ}肩_{ㄐㄧㄢ}上_{ㄕㄤ}，慈_ㄘ愛_ㄞ的_{ㄉㄜ}望_{ㄨㄤ}著_{ㄓㄜ}孫_{ㄙㄨㄣ}兒_ㄦ孫_{ㄙㄨㄣ}女_{ㄋㄩ}們_{ㄇㄣ}各_{ㄍㄜ}自_ㄗ回_{ㄏㄨㄟ}到_{ㄉㄠ}房_{ㄈㄤ}間_{ㄐㄧㄢ}去_{ㄑㄩ}。

與印第安酋長共舞

第三夜：晚上八時，樹林裡的營帳前。

　　阿寶皺起眉頭，「奶奶，晚上八點，會不會太晚啊？弟弟、妹妹們都要打瞌睡了。」其實，我也正在擔心。但是，當我牽引著他們，從後院走入樹林，看見遠方有一堆營火，並傳來咚咚震地的鼓聲時，娃娃們就像脫韁的小野馬，紛紛快步向前跑去，根本忘了有「瞌睡蟲」這回事兒。

　　貝爾站在營帳門口迎接我們，當我看見他時，嚇了一大跳。因為他的打扮，簡直就是一位印第安酋長！娃娃們興奮的爬到他身上，摸他帽子上鮮亮的羽毛、脖子上掛的骨頭項鍊和腰間佩帶的小木刀。貝爾說：「快進帳篷裡坐好，印第安之夜就要開場啦！」大家盤腿而坐，貝爾站在中央，雙手交叉抱在胸前，神氣十足的仰頭說道：

我的家鄉蘇格蘭，風景很美，但是天氣卻很糟糕。那惡劣的氣候，漸漸影響到我的健康，父母十分擔心，決定搬到加拿大，在比較溫暖乾燥的安大略湖邊住下。在那裡，我一面調養身體，一面繼續跟著父親四處教學。有一次，附近有個「摩和克」族的印第安部落，請我們去教族人學英語。父親用「看圖發聲」字母教法，很容易就教會他們說簡單的日常用語。我也學會了他們的語言，並且和年輕的酋長「大腳」成為好朋友。

　　「大腳」特別封我為「摩和克」族的榮譽酋長，送我一套他的衣服，還教我跳慶祝勝利的戰士舞！後來，每當我高興到了極點的時候，都會情不自禁的大跳戰士舞哩。

　　阿ㄚ寶ㄅㄠˇ高ㄍㄠ舉ㄐㄩˇ雙ㄕㄨㄤ手ㄕㄡˇ，說ㄕㄨㄛ：「我ㄨㄛˇ們ㄇㄣ˙也ㄧㄝˇ想ㄒㄧㄤˇ學ㄒㄩㄝˊ跳ㄊㄧㄠˋ戰ㄓㄢˋ士ㄕˋ舞ㄨˇ，爺ㄧㄝˊ爺ㄧㄝ˙，請ㄑㄧㄥˇ您ㄋㄧㄣˊ教ㄐㄧㄠ我ㄨㄛˇ們ㄇㄣ˙！」

　　貝ㄅㄟˋ爾ㄦˇ把ㄅㄚˇ我ㄨㄛˇ拉ㄌㄚ了ㄌㄜ˙起ㄑㄧˇ來ㄌㄞˊ，笑ㄒㄧㄠˋ著ㄓㄜ˙說ㄕㄨㄛ：「好ㄏㄠˇ啊ㄚ！讓ㄖㄤˋ我ㄨㄛˇ們ㄇㄣ˙去ㄑㄩˋ營ㄧㄥˊ火ㄏㄨㄛˇ旁ㄆㄤˊ，圍ㄨㄟˊ成ㄔㄥˊ一ㄧˊ個ㄍㄜˋ圓ㄩㄢˊ圈ㄑㄩㄢ，跟ㄍㄣ著ㄓㄜ˙爺ㄧㄝˊ爺ㄧㄝ˙和ㄏㄢˋ奶ㄋㄞˇ奶ㄋㄞˇ一ㄧˋ起ㄑㄧˇ跳ㄊㄧㄠˋ吧ㄅㄚ˙。」

　　「……嘿、嗨、嘿、嗨、伊呀嘿、伊呀嗨……喔、喔、喔……」一聲聲稚嫩的叫喊，和一個個舞動的小拳頭，把樹林裡沉睡中的小鳥們，全都吵醒啦！

聾人的老師

第四夜：晚上七時，爺爺的書房中。

　　阿寶幫著爺爺搬來許多小桌椅，把書房布置得像個學校裡的教室。等娃娃們一一坐好後，貝爾就像老師一樣，站在書桌後面，開始說起他是如何教學的。

　　自從教會印第安人說英語之後，我對於教人發聲說話的信心，越來越濃厚。大約在我二十歲出頭時，美國的波士頓，有一所聾啞學校，正在徵求老師，父親鼓勵我去試試看。於是，我告別父母，帶著簡單的行裝，就去了那個充滿文化氣息的城市。

　　耳聾的人多半被認為是啞巴，那是因為他們聽不見人們說的話，因此不知道該怎麼運用聲帶，慢慢的就不會說話了。這是多麼可惜的事啊！我最大的心願，就是幫助聾人用父親發明的符號，練習每個字

的發音。再教他們學「讀脣術」，也就是看別人講話時嘴脣的移動，來辨識話語。這樣，聾人就能和一般人一樣，用語言和人溝通了。

我的努力，使我成為波士頓地區有名的聾人老師和大學教授。那時候，我有兩個特別聰明，而且進步很快的學生，一個名叫「喬治・桑德士」，另一個名叫「梅波・哈伯特」。尤其是梅波，她精通讀脣術，可以流利的與人對話。如果她不說，絕對沒有人知道她是聽不見任何聲音的。

阿寶的眼睛睜得又圓又大，驚訝的看著我說：「奶奶，您的名字不就是梅波・哈伯特嗎？原來您以前是爺爺的學生啊？我怎麼一直不知道您的耳朵聽不見呢？怪不得我和您說話時，您總要我面對著您，並看著您的眼睛，我以為那只是一種禮貌而已。」

我微笑的摸摸他的頭，說：「那的確是一種基本的禮貌，你做得很好。身體有缺陷的人，只要肯努力去克服障礙，就能過正常的生活。我就是一個很好的例子，你說是嗎？」

聲音可以傳遞到遠方嗎？

第五夜：晚上六時，湖水旁。

貝爾悠閒的在湖水中游泳。娃娃兵團來了，看見爺爺在水裡，他們就像一群小青蛙，撲通、撲通都跳下水，拉著爺爺一起打水仗。

太陽快下山，湖水要轉涼了。貝爾大聲的說：「來，來，來，快披上大毛巾，去湖邊坐下。爺爺就要開始今晚的談話囉！」

昨天說到我在波士頓，成為一個很有名氣的老師，我常把在教學方面的成功和快樂，寫信告訴住在加拿大的父母。

那時候，在美國有一種新發明，叫做「電報」，它是當人們分隔兩地時，最快的聯絡方式。電報的原理，簡單的說，就是把你要告訴對方的文字信息，變成一些強弱度不同的電波，藉著電流的輸送，立刻可以傳達給對方。

　　有時，為了想快一點讓父母知道我的生活情況，我也會打電報給他們。但是，父親回信說：「電報很慢才能收到，還是寫信比較快。」奇怪！電報用電流傳送，應該比信件用馬車或火車傳遞，要快得多才對啊？

　　原來，早期的電報，有很多的不方便呢。比如我要帶著我寫的信，去附近的電報局，請電報員把信翻譯成電碼信號後，才能發送到父親附近的電報局。那裡的電報員收到電碼信號時，還要把它還原成文字，再通知父親去領取。麻煩的手續，常常拖延了收到電報的時間。

　　我想，如果「文字」可用電流傳送，那麼「聲音」是不是也可以靠電流傳送到遠方呢？

21

貝爾用手撥了一下湖水，撩起了一串小水波，他指著水波，繼續說：

　　我們說話時，聲音傳到空氣中，變成一連串的聲波，它的形狀就像這彎彎曲曲的水波一樣。如果能把聲波變成電波，不就可以靠電流傳送了嗎？那麼，我和父親之間，只要有一條能通電流的電線，就可以把我想說的話，直接傳達給父親了。這也就是我最初的「電話」構想。

　　我把這個想法，告訴你們奶奶的父親哈伯特先生。他是一位有遠見、有頭腦的律師，他很贊成我的理論，鼓勵我立刻去申請專利，並出錢資助我的研究工作，甚至還替我雇用了一個得力的助手呢。

　　啊！這位助手，真是我工作上最好的伙伴！他是誰呢？明天晚上，你們就會知道啦！

華森，快過來，幫幫我！

第六夜：晚上六時，餐桌上。

　　娃娃們興奮的坐在餐椅上，等待著那位神祕客人的出現。不一會兒，貝爾帶領一位瘦高個子、花白頭髮的紳士，進入飯廳。貝爾激動的大聲宣布:「這位是爺爺的老朋友湯姆士‧華森先生。半個世紀前，他曾幫助我發明了電話。今晚特地請他從老遠的舊金山趕來，和大夥兒見面。華森現在是一位有名的舞臺劇作家和演員，由他來和我一起講述當年發明電話的甘苦，一定會特別精彩呢。」

　　華森見到了桌上豐盛的食物，對大家說:「我餓了！可以一邊吃邊談嗎？」他拿起一塊香噴噴的肉排，對貝爾頑皮的眨眨眼說:「老朋友，還記不記得那年，你餓得昏倒的那回事？」

　　貝爾使勁兒的點點頭，「當然記得。那時候我們相信，憑著我的構想和你的技術，只要不停的去嘗試，總有一天，我們會發明出『電話』，讓全世界的人，都可以又快又清楚的互相溝通。白天，我去學校教書，你去模具工作室上班。晚上一下了班，我們就鑽進租來的公寓裡，不眠不休的做著實驗。」

華森露出悲哀的表情，「哎！我們那樣埋頭苦幹，整整過了兩年耶。但是，實驗卻一直不順利。別人都說：那兩個年輕人，想把聲音傳送到三里外，真是瘋了！」

貝爾跟著嘆了口氣:「哎！我們縮衣節食，把所有的錢都花在買電線、電池、化學品等材料和各式各樣昂貴的儀器上了。記得那是第二年的聖誕節吧？我們決定休息一天，去買些食物來過節。可是翻遍整個公寓，才找出幾個銅板！我們只好走去街口的雜貨店，把大衣脫下來，跟老闆換了一塊奶酪和幾個蘋果。在回去的路上，我又餓又凍，竟不支昏倒在雪地裡了。」

華森想起當年的飢餓，不禁狠狠的咬了一大口蛋糕，慢吞吞的說:「我費了九牛二虎的力氣，才把你揹回家，放在床上。你醒來後，用微弱的聲音對我說：華森，絕對不能放棄實驗，我們一定會成功的！」

阿寶聽到爺爺受苦，焦急的追問著：「後來呢?」

喜愛演戲的華森對貝爾說:「來吧，我的老朋友！讓我們重溫多年前那令人興奮的、偉大的一刻吧！由我來表演，而你來講故事，好嗎?」

25

時光回到 1876 年 3 月 10 日的那一個深夜。我和華森各自坐在走廊兩端的工作室裡，進行著每晚相同的實驗工作。華森一面調整線圈的鬆緊，一面用嘴巴對著播聲器，一遍又一遍的唱著歌曲，希望我能在電線這一端，收聽到他的歌聲。但是，我卻什麼也沒聽見！嘿，華森這懶傢伙大概睡著了吧？

我滿肚子的不高興，穿越過長長的走廊，用力推開華森工作室厚重的門，大聲嚷道：「喂！你是不是睡著了？我等了老半天，收聲器中什麼也聽不見啊！」

可憐的華森，用沙啞的聲音回答：「我已經唱了幾百遍『瑪麗有隻小白羊，小白羊，小白羊……』。哎！看來今晚又是一個讓人失望的夜晚了。這樣吧，我們換個位置，你來唱，我去聽。」

我很不情願的坐了下來，無意中看見架子上有瓶硫酸液。我想硫酸可以減少電流的阻力，不妨倒一些在傳聲筒中，試試會有什麼結果？但我實在太累了，一不小心就把硫酸潑灑在褲子上。哎喲，我的大腿立刻被灼傷得又痛又燙！我禁不住慌亂的喊著：

「華森，快過來，幫幫我！」

不一會兒，華森氣喘吁吁推開了門：
「貝爾，是你在喊我嗎？」

「什麼？你怎麼聽到的？」

「我從收聲器中，很清楚的聽見你叫我過來幫你啊！」

我忽然忘記疼痛，高興的又笑又叫：「成功啦！成功啦！播聲器和收聲器可以溝通了，『電話』終於誕生啦！」

「……嘿、嗨、嘿、嗨、伊呀嘿、伊呀嗨……」我和華森熱烈的擁抱在一起，大跳起印第安戰士舞哩。

「華森，快過來，幫幫我！」成為人類歷史上，第一句用電話傳送的句子。不久，美國政府批准了貝爾所申請的電話專利權。那年，貝爾二十九歲，華森才二十二歲。

啊！發明家不小心碰到
女皇的手臂了！

第七夜：晚上七時，大客廳內。

　　貝爾坐在長沙發上，娃娃們有的依偎在他身旁，有的坐在地上，他們一起翻閱著一本大相簿。阿寶指著一張舊照片問：「爺爺，這右邊的人，是以前的您嗎？左邊那個身上戴著勳章，手中拿著圓筒在聽的人，又是誰啊？」

　　貝爾耐心的說明：「右邊的是爺爺，而左邊是巴西國王呢！事情是這樣的……」

　　1876 年 6 月，美國為慶祝建國一百周年，在費城舉辦一個盛大的展覽會，展示美國百年來在各方面的成績。

　　你們的奶奶是一位非常有遠見、有智慧的人，她鼓勵我將「電話」送去參展，向人們介紹這項新發明。會場中有一位貴賓，那就是巴西國王，他要求我示範。他拿著聽筒，喏，就是這張照片上的樣子，

我呢，走到展覽廳的另一頭，中間相隔好幾百呎遠呢！我對著話筒，說道：「親愛的國王陛下，您聽得見我的聲音嗎？」巴西國王驚訝的睜圓了眼睛，不可置信的說：「聽見了！聽見了！聲音從電線傳到我的耳中啦！」他立刻把聽筒遞給圍觀的眾人，大家聽過後，都連連稱奇，有人讚嘆：「這個叫『電話』的東西，真像一個神奇的魔術盒啊！」

消息一傳十，十傳百，幾個月後，全世界都知道「亞歷山大‧葛蘭姆‧貝爾」的大名和他那個像「魔術盒」一樣的新發明。

我和華森繼續努力改進電話的功能，同時我們的名氣也越來越響亮，常被邀請到四處演講。有一天，忽然接到英國維多利亞女皇的來信，要我前去倫敦，為她講述電話的進展。

維多利亞女皇是一位思想開放進步的君主，她鼓勵人們創造發明，造福人群。不過，皇室的規矩非常嚴謹，一般人和女皇見面時，絕對不能碰觸到女皇身體的任何部分。但是，當我向她示範如何使用電話時，一不小心，竟碰到女皇的手臂了！

周圍的人，都嚇得驚呼起來。女皇卻微笑的說:「沒關係，我很高興和一位了不起的發明家見面呢。貝爾先生的電話，超越了空間的限制，將人類溝通的方式，帶入一個新的領域，他將是一位影響全世界的人物!」

阿寶指著照片，興奮的說:「原來這位頭戴皇冠的，就是大名鼎鼎的維多利亞女皇啊!」

天涯若比鄰

第八夜：晚餐後，在游泳池內見面。

「電話」很快就在各地流行起來，它不但改變了人們的生活，也為我們的家庭帶來許多財富。但是，貝爾並不因此而滿足，他每天都在思考，怎麼才能創造出更新的發明，來增進人類生活的品質。他研究的範圍又多又廣，比如說，人如何可以像小鳥一般，飛行至遠方？汽船如何可以用最快的速度，在水上滑駛？如何用機器幫助病人順暢的呼吸？房間內的溫度，如何可以調節到涼爽舒適？

貝爾最怕熱了，他用冰塊和風扇，自製成冷氣，經過一個大型的通風管，輸送到抽乾了水的游泳池中，那裡放置了幾張桌椅，是貝爾最喜歡的「辦公室」，也是在炎熱的夏天裡，全家人最愛去玩捉迷藏的地方，因為游泳池內要比地面上涼快多啦！

　　貝爾對娃娃們說：「我們一起共度了八個晚上，明天你們就要和爺爺說再見了。在這一星期零一夜中，我希望你們對爺爺有進一步的認識，並學到永遠保持一顆好奇心和不斷尋求答案的重要性。」

　　游泳池內，充滿了依依不捨的氣氛，孫兒孫女們拉著爺爺的衣角，有的還忍不住，低聲啜泣起來。貝爾愛憐的摸摸他們的頭，說道：「傻娃娃，你們忘記了我的發明嗎？想念爺爺的時候，立刻打電話給我呀！中國人很喜歡說『天涯若比鄰』，而『電話』的確能讓人做到這一點。不管我們分開多遠，只要通過電話，就可以像見了面一樣的聽爺爺說故事了，對嗎？」

兒童的大朋友
永遠的發明家

搖椅輕輕的搖啊搖，沉浸在回憶裡的貝爾奶奶緩緩的繼續說：

　　沒有孫兒孫女的嬉笑聲，大房子又回復了寧靜。我和貝爾經常攜手在大草地上和屋後樹林間漫步。偶爾遇見住在鄉間的小朋友，貝爾就會和他們談天說地，並耐心的回答他們永遠問不完的「為什麼」和「怎麼會」。貝爾常說，兒童的發問，最純真也最直接，常常會啟發他的靈感和幫助他的思考，能和兒童做朋友，是最快樂的事啦！

　　貝爾有著無窮的精力，他總是在做這個、那個的實驗，忙個不停。他習慣於白天睡覺，晚上工作，我常開玩笑的稱他是「貓頭鷹」。

我看他年紀大了，勸他不要再辛苦的搞什麼發明，他卻說：「我的腦子停不下來，生活中有太多要改進的事物，我得不停的研究創造，讓全人類得到益處。我是一個發明家，不讓我專心發明，就像不讓我呼吸一樣難過啊！」

1922 年 8 月 2 日，貝爾因糖尿病，離開了他深愛的世界。在他的喪禮開始時，所有美國和加拿大的電話系統，暫停一分鐘的作業，用靜默來和偉大的發明家「亞歷山大·葛蘭姆·貝爾」道別。

雖然，耳聾的我，永遠無法聽到電話那一端傳來的聲音，但卻能親眼看見，電話帶給人們的方便和快樂。我深信在電話的基礎上，人類的溝通方式，將會一再往前推進，讓我們的子子孫孫都能受益。

我和貝爾共度了半世紀的美滿生活，他使我原來無聲無息的世界，變得有聲有

色。在我的心目中，他不僅是我親愛的丈夫，更是一位聾人的好老師，兒童的大朋友和充滿了好奇、決心、毅力的發明家。

貝爾 小檔案

1847 年　3 月 3 日生於蘇格蘭的愛丁堡。

1867 年　開始參與父親教導聾啞者發音的工作。

1870 年　全家遷往加拿大。

1871 年　在波士頓的聾啞學校教人發聲說話。

1873 年　任波士頓大學發聲生理學教授。

1876 年　發明電話並申請專利成功。

1878 年　成立貝爾電話公司。

1880 年　因發明電話而獲頒法國伏特獎

1882 年　入籍成為美國公民。

1922 年　因病逝世。

寫書的人
張燕風

　　小時候，雖然沒想過要做一個影響世界的偉人，但的確也曾許下「立大志、做大事」的願望。從小就很用功讀書，畢業於臺北政治大學、美國約翰霍浦金斯大學，取得數理統計的碩士學位。張燕風很辛勤的工作，計算出無數的統計報表，協助專家學者發表許多很有影響力的論文。

　　年紀愈長，愈喜愛文學藝術，覺得文字和圖畫的力量，有時更甚於精確的統計數字，於是開始努力寫作。著有文學藝術類的《畫中有話》、童書《永遠的漂亮寶貝——小巨人羅特列克》、《咪咪蝴蝶茉莉花——用歌劇訴說愛的普契尼》、《枴杖與流浪漢：卓別林》、《從米老鼠到夢幻王國：華德・迪士尼》、《聽見了嗎?：貝爾》等。

　　張燕風希望藉著電話發明人貝爾的故事，來勉勵小讀者，將來也能和貝爾一樣，做個影響世界的人。到那時候，張燕風就會很驕傲的說：「我的書，曾經影響過這位偉大的人物呢！」

畫畫的人
郭文祥

　　復興商工畢業後，想在藝術領域上更求精進，因此遠赴西班牙學習素描、陶藝；之後又到法國巴黎研修電影、版畫。曾舉辦多次展覽，也曾為小朋友畫過插圖。在繪製插圖的過程中，他一直努力在「商業」與「藝術」的創作間尋找平衡點。

　　善於用圖像說故事的郭文祥，在本書中，結合了素描、水彩、電腦等多種技法，營造出豐富多變的氣氛；加強人物的表情變化以強調戲劇化的情節；部分像是未完成的作品，是他專為讀者預留的想像空間，這也是他藝術創作一貫的表現方式。

兒童文學叢書

影響世界的人

在沒有主色，沒有英雄的年代
為孩子建立正確的方向
這是最佳的選擇

一套十二本，介紹十二位「影響世界的人」，看：

釋迦牟尼、耶穌、穆罕默德如何影響世界的信仰？

孔子、亞里斯多德、許懷哲如何影響世界的思想？

牛頓、居禮夫人、愛因斯坦如何影響世界的科學發展？

貝爾便利多少人對愛的傳遞？

孟德爾引起多少人對生命的解讀？

馬可波羅激發多少人對世界的探索？

他們曾是影響世界的人，

而您的孩子將是——

未來影響世界的人